石川　透編

室町物語影印叢刊43

若みどり

これはたゞ事也はめうしよ那そき
いろ〳〵にあらうつゝうらはゆるあ
あひぬるみとも文みものかくれて
はわうつし給くいしたしくつがよ
うくならし御してのござまする
いろそてすこしくあめの事あ
もひらきうく地ひらしを国とみ段
もゆきうりとんとくみあらつこゝて
もうつかれしいあるうしもい唐《から》げし

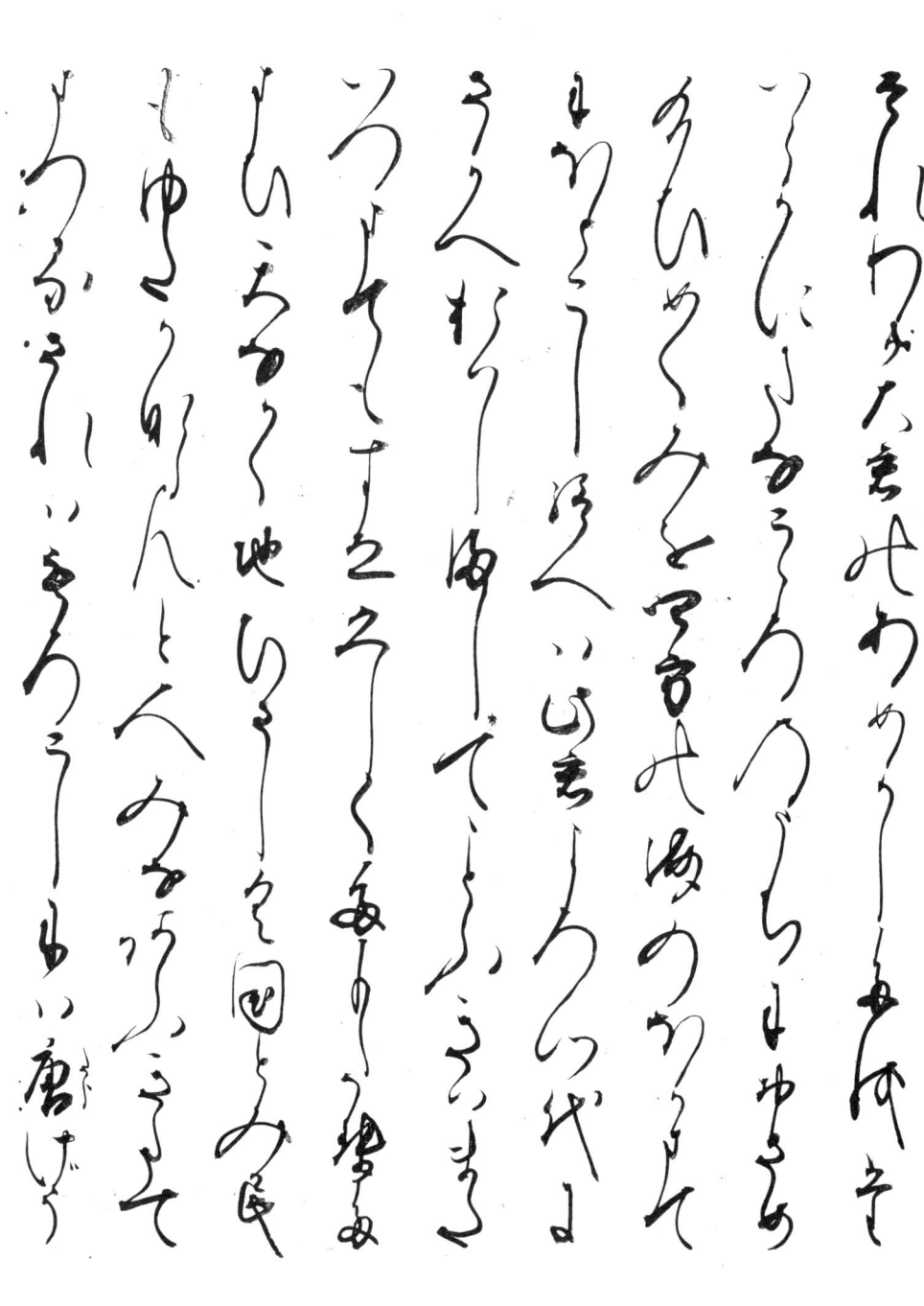

ゆつかゑしはいにしへの唐《たう》げんそう
皇帝にくすとみすつかいまな
のをめし御てらはいさへずて八幡
みわたりけつきのよそほひより
こよひ今みせはゆかしくなりぬ
よそほひ給ひてその後はよそほ
見ありし御中ゑいにしはかしに
こりあはぬいつも風は草のすゑぐの
しくはりもつは秋もなかりしこし

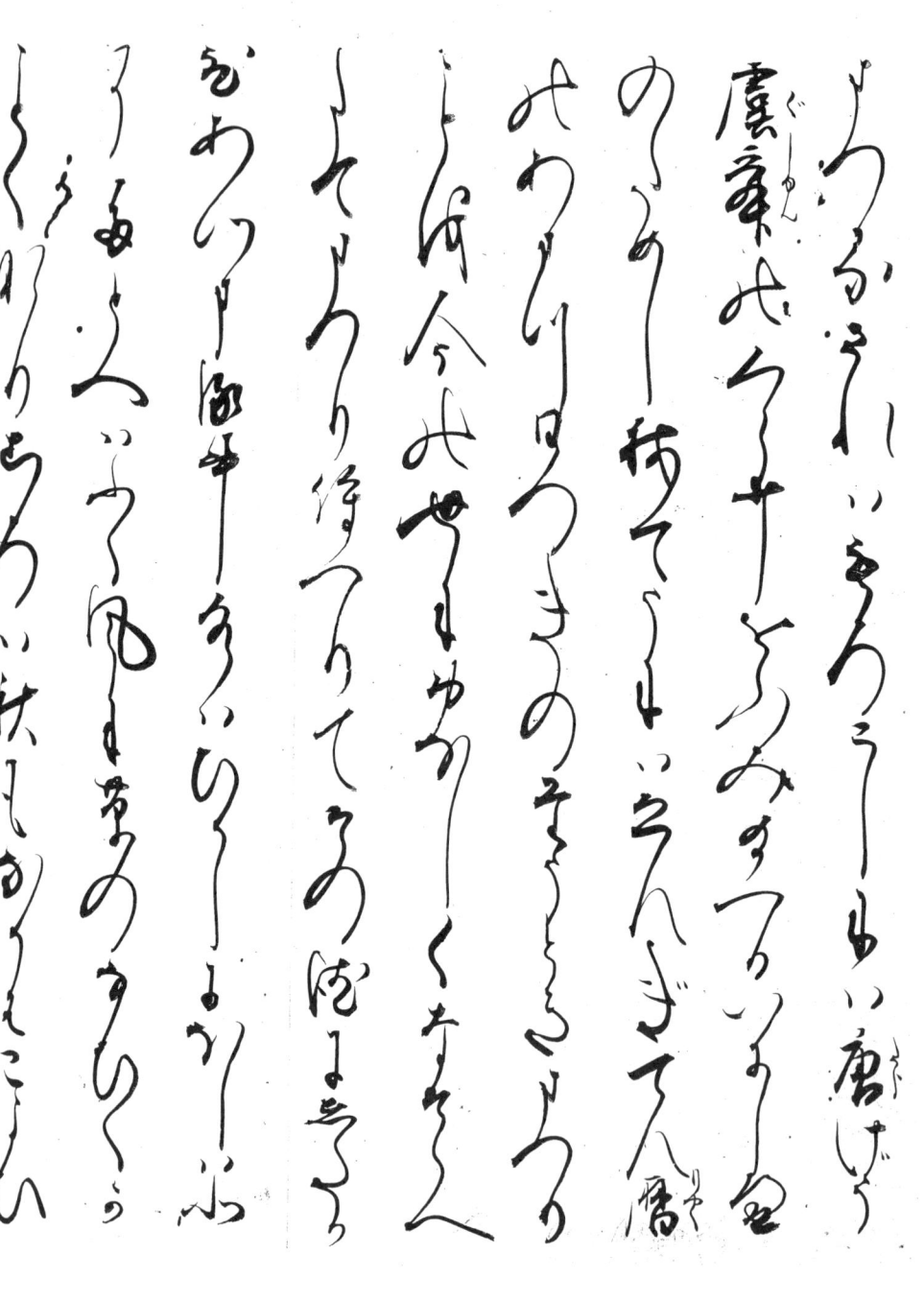

しくれの月は秋もかくこそは
いろは中々にぬれ中月は冬の夜くさ
え添りうる星つかりてこゝろは
ころ晴色しかり山寄しとこゝろもあひ
此月はわくらはにあひかくすまひをる
故ありて由してくらうちこはあるを
みよ山のこくさるわかひさし月や
しらぬきなひて

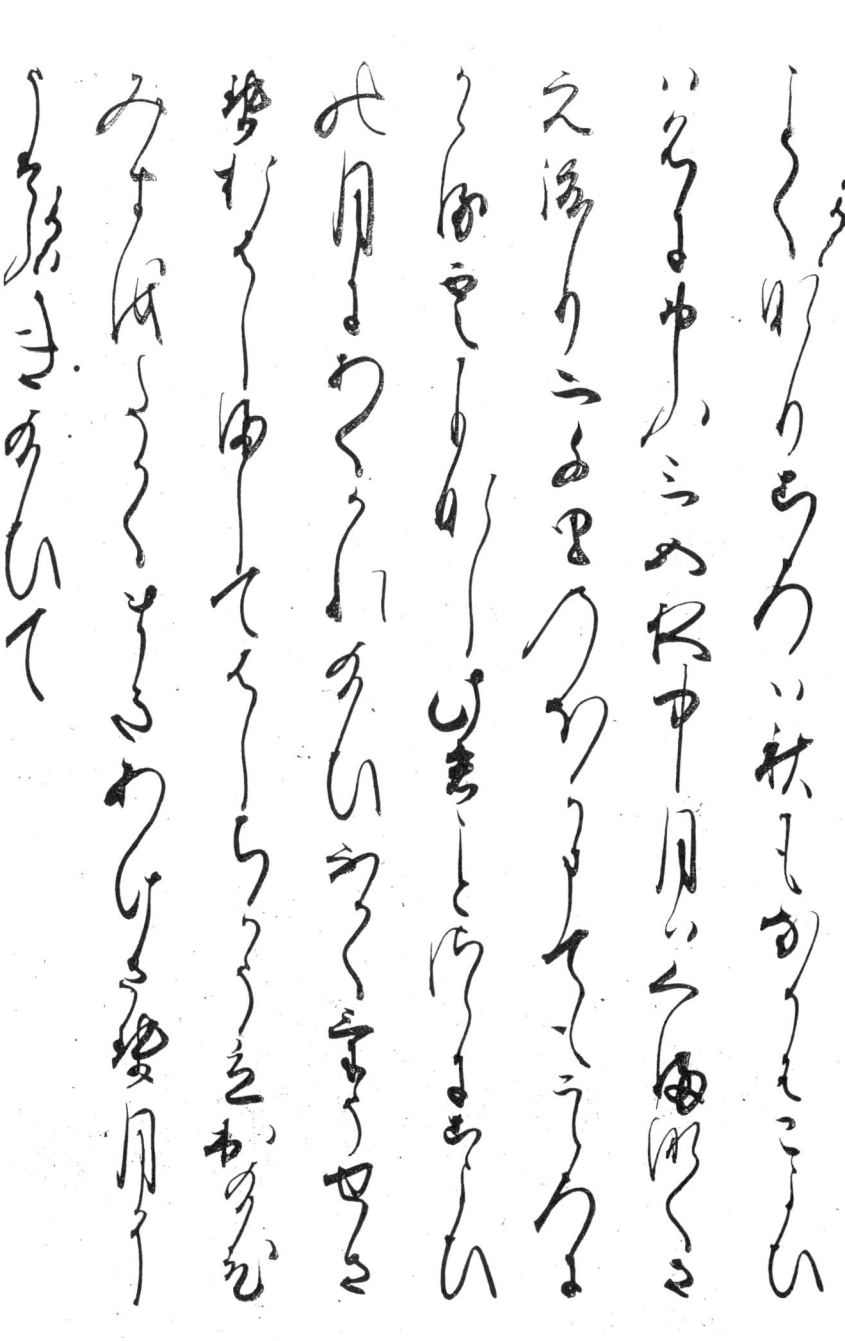

しらずきこえいて
なかしゆふこしいひ出月よもしりはし
ゆき海まろせのあめしりもやん
ましら詠をなかひくちつく月と
かなめあはんるさくへくわたるちつつ
かはりしいつしはくへくこしひへ
月あかりしてすなめわたへもく
かく今いやうつてはしつつまあきみ
こを海ましいみるいひゆきつわりかけれし

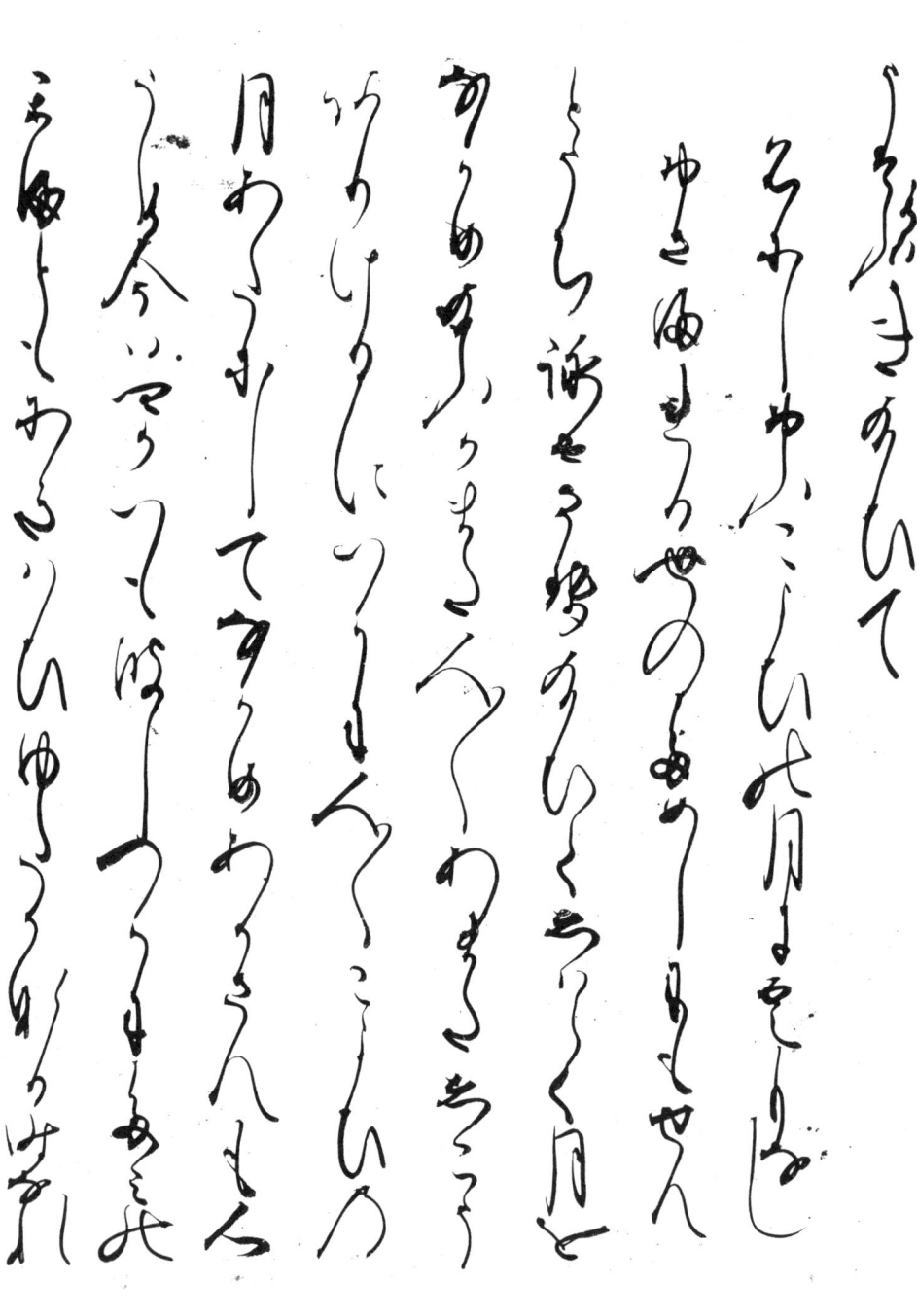

こゐよしてあはひゆふつかたのみえし
い月よかうつゝけきうゝい清らわかゝし
とくくへしおほみしみゝみの宮こよし
うゐしわへおもしにいちとけゝしかや
そともすそ山の月もてわたるあめん
秋の世はゆきしつゝうしにいつと
とあくるなみのつきよしてゆきあら
つるつしあゆしあさすられしとよ為

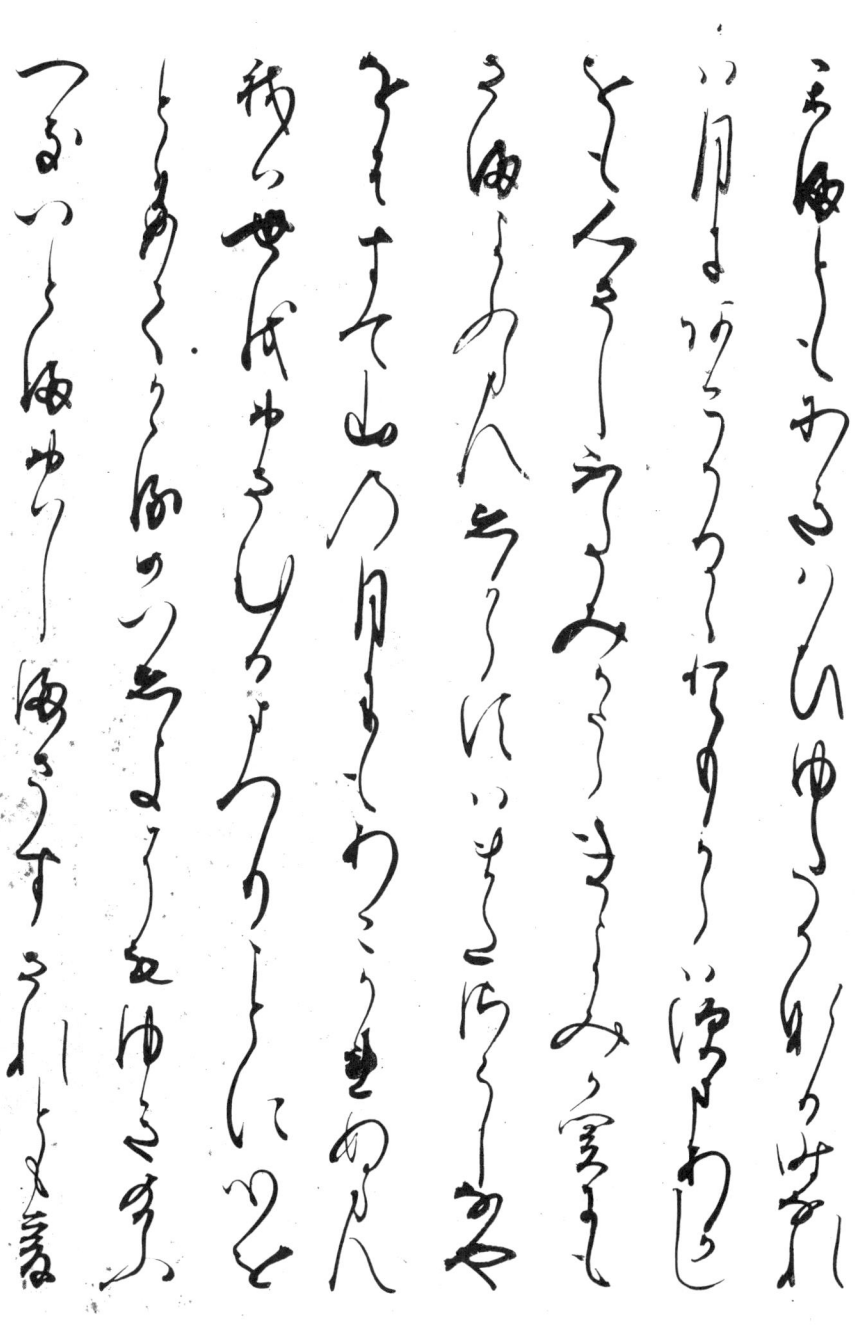

なつのよはゆめうつゝともわかぬ
しそも月とこそうつゝとおもへ
はらんていさしらしとてくつゝ
ものはあへのひ月さみ

ゝ

ぐゐぞ

きよはらのふかやぶ

こよひの月はさしもくまぐゐのゆらゆ

こゝろみに月よきしよくとき楽《がく》にいらへ
すん圓とやうなる事なくしいまだ
らくをつくはずくし事にしひとれ
はじてゝつもるゆゑにそれもとつて
こまやかなるをばかん秋のそ
にゆくりなくりはしもとりえく
浄しき以はつきもうらくるかく
ゆくそなしをし文中をすみよの

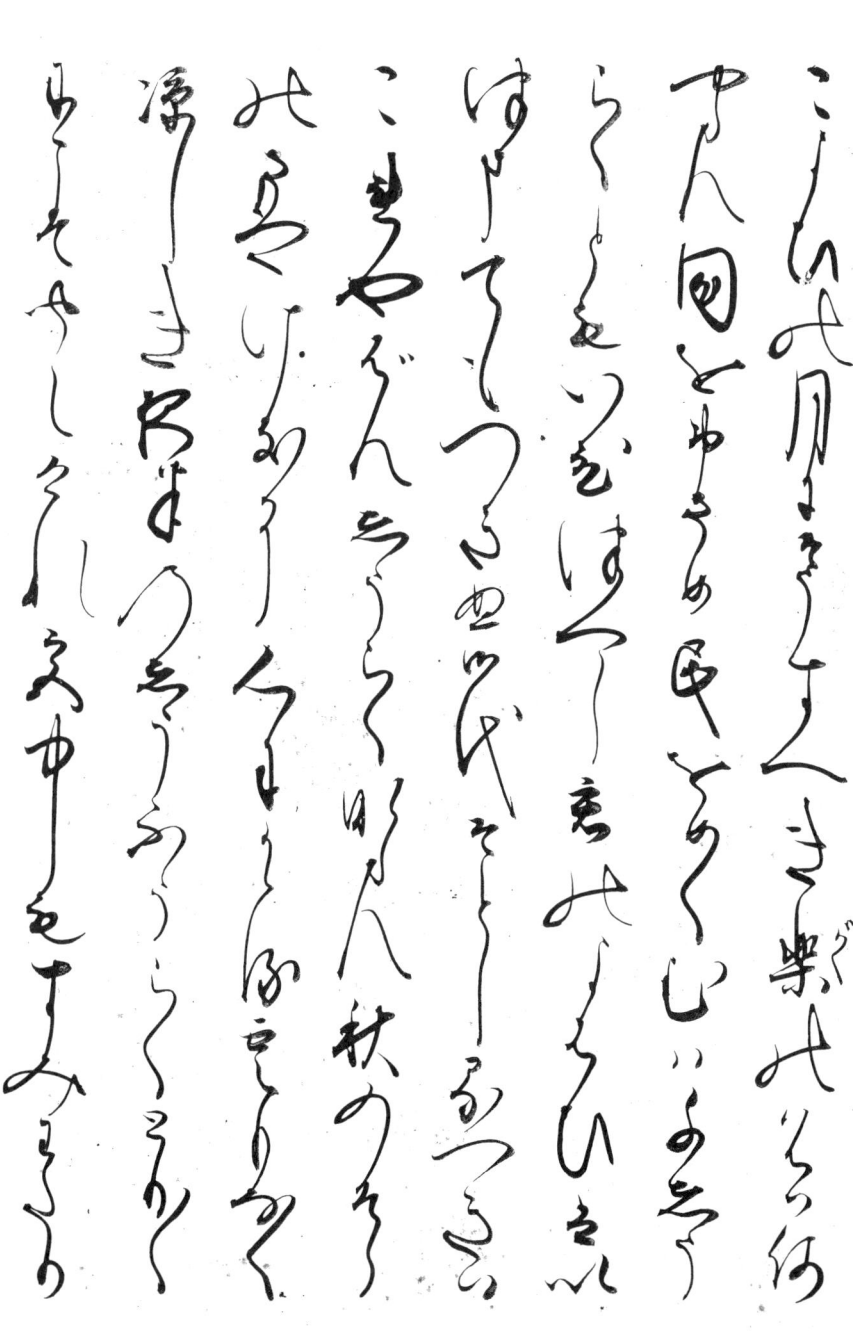

ゆゑにこそむかしは文をもてあそびけるの
やくんゆへにこそ流しけりむかしより聖
御世の都よりしは呂律《りつ》は天地の理
ありけるをきこしめして和《くわ》して弾きて
すがたしはこの琴わりわくはん
はゆ家んせいはみせのうしろて
逸めのつかでの桐《きり》もえとよ
かうふいそもゑうりう徴
あしはかにそかにきつむしれ

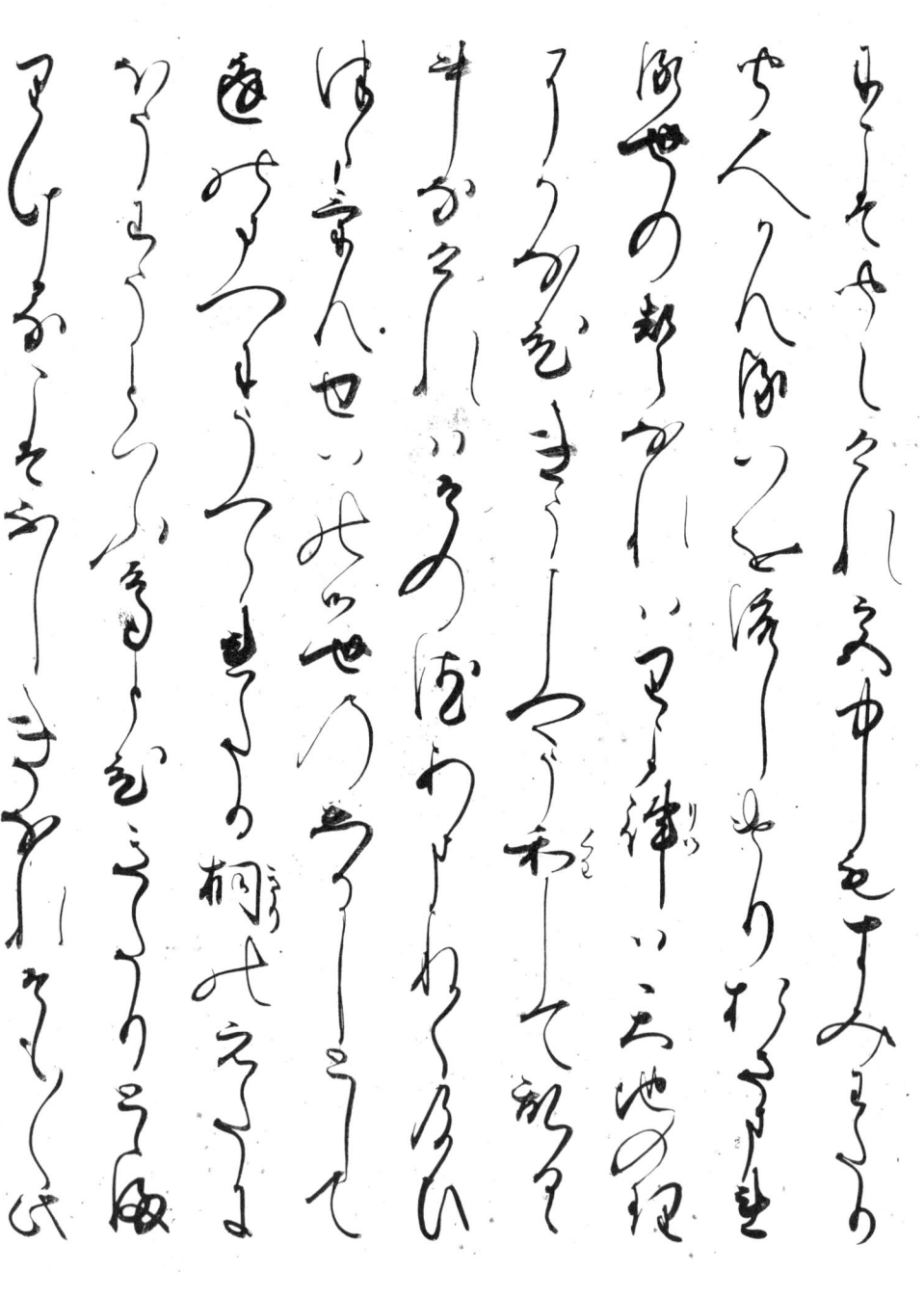

みしけるこそあしきなれはそもしく候
きしやすは天下をのらて西国《せいこく》
われ〳〵かくにしかひ事しらうひ
さうつくしみはちゝめのゆくえめふ
らしひらしるゝゆくきらいあいやうは
ゆかしく候つもめにれしは吉此度はしまく
まへ御その人はきまをらめ天下
宰年のとは何以としめ候こゝろ此
そるをれしいわさずへてきならう也

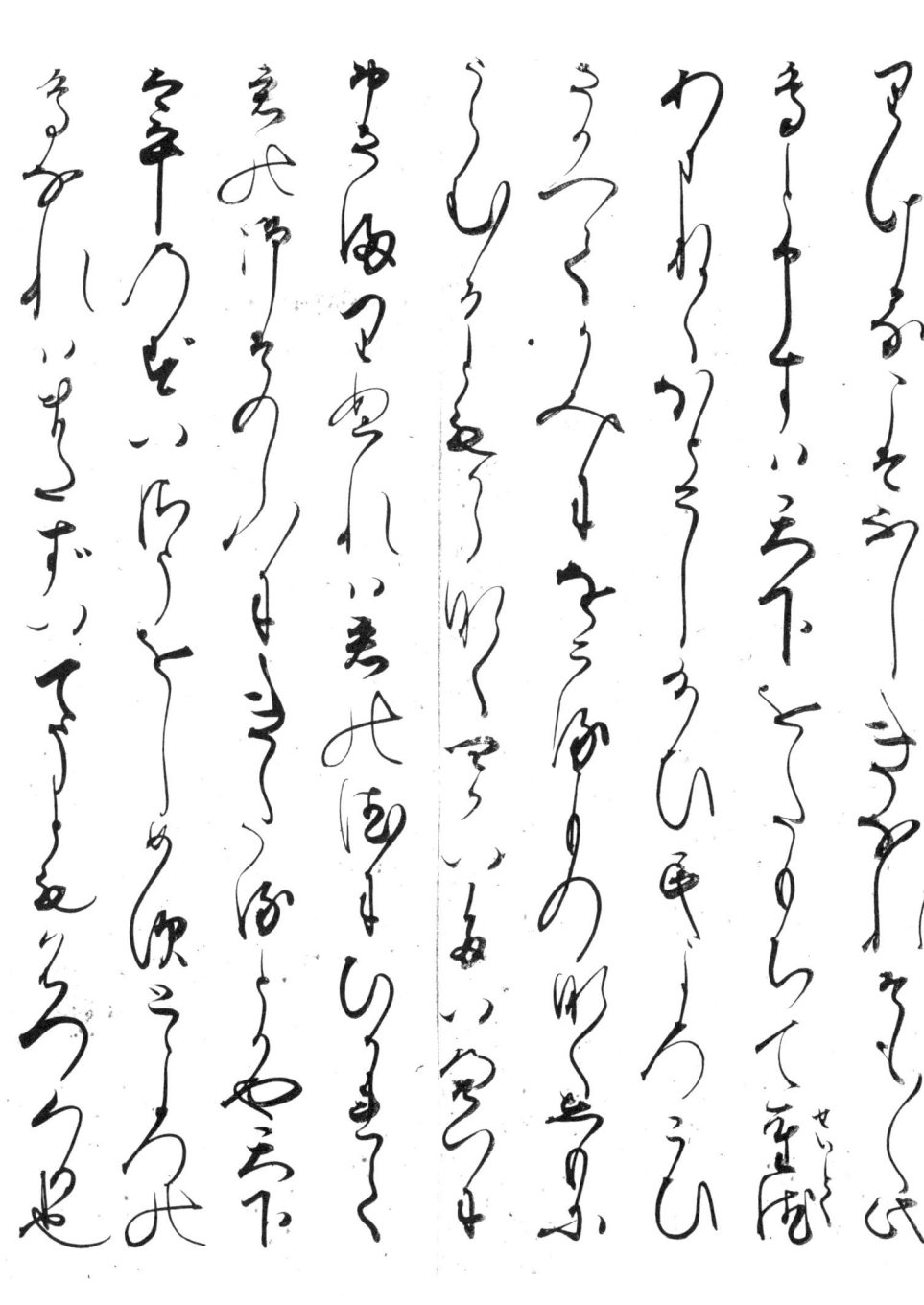

きみしはおもはずしてなりぬるうかうかしを
ものかうしめら皇みかのひとつ
宮んえんしられていとやまひは
有るちまつろのひかくミ代ゑと
して民をなて治とひらめく国と
わるの人は天下もしりよゆるの
まつりことを見るまちしよき
けまかきしらふるみつ中
かし黄帝《くわうてい》とまおりし天虎《とら》とらふさ

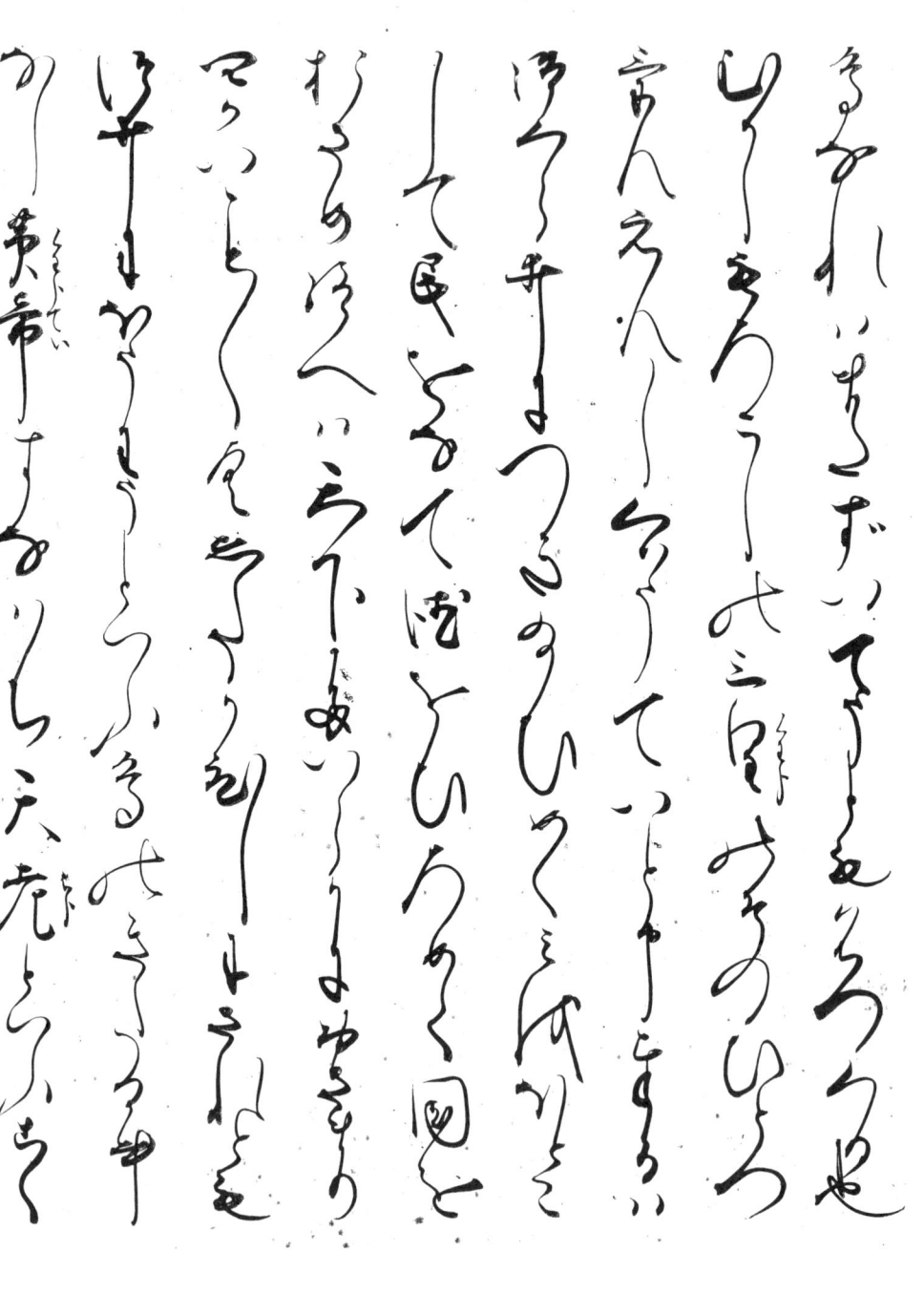

かゝ黄帝《くわうてい》すなはち天老《らう》といふもの
師《し》とせさせ給ひてのたまはく鳳
ほうわうといふ鳥のそのかたちいかにと
とのたまふ天老こたへて申さくその
其かたちはまへは鴻のことく鶴《つる》のうしろ
くびはへびのごとく龍《りう》のもん《つ》あり文《もん》ありせなか
亀《かめ》のかふのごとくはすゞめの
ごとくくちばしは庭《には》鳥のごとくなりとぞ

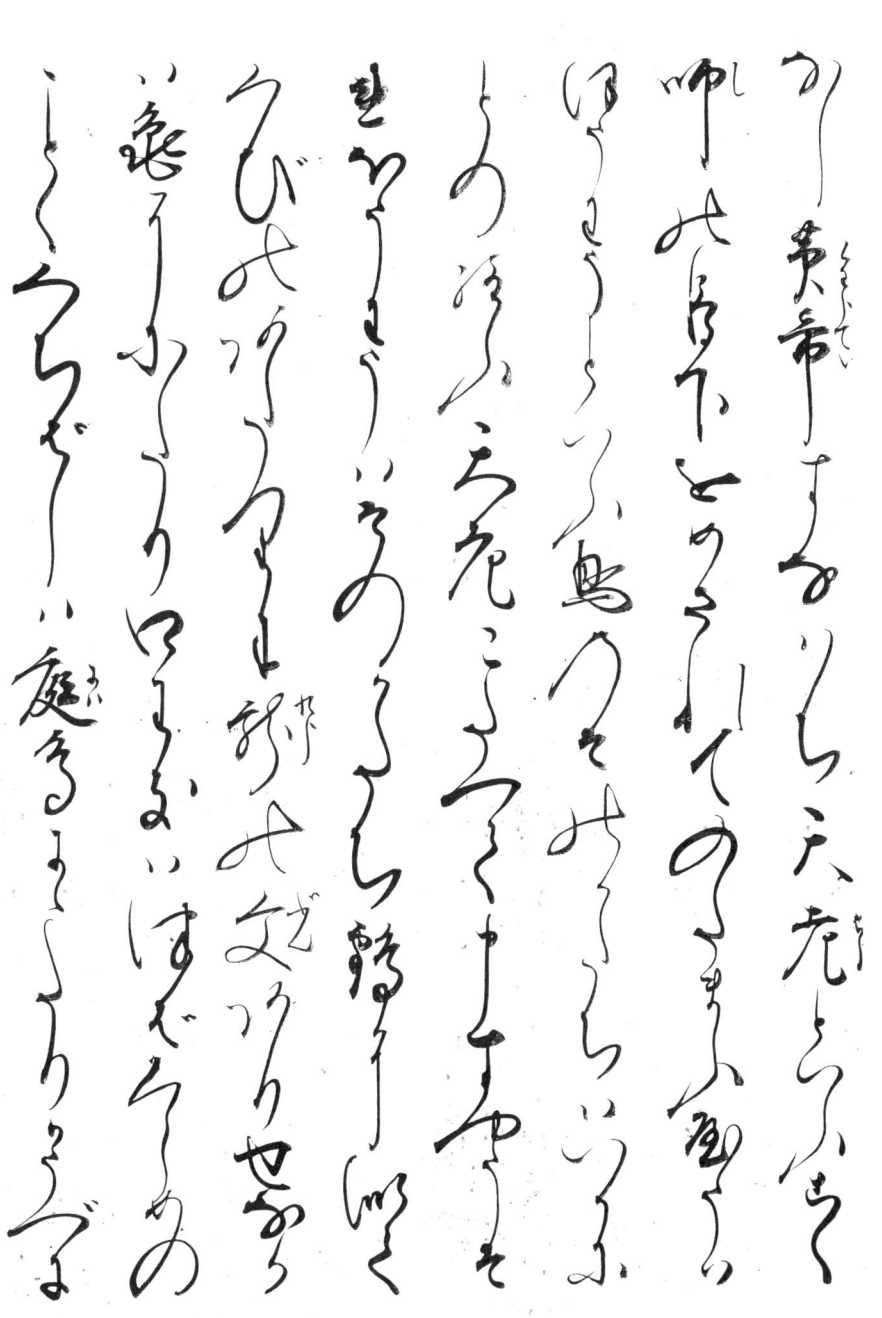

しくらべしハ庭鳥まじりなどよ
流の冠とーくさかハ、りあゞせめぐらす
けりけるぞさして《て》まつゞせつ《つ》やとぞあまさ
尾《お》アー都《が》しりせ麗《れい》とうけり性《せい》り
仁《じん》せしらとぬり人は徳《とく》せぬこと
そうりあやつゞはずうけむつぐ
也いめはめしくもあるりかきく哮《かう》る
しこき人金聲《きんせい》せしくあくらえばする
部しハ龜しかしうまぼと申まそ

都には毛へしからず鳳凰とゆうすめ國
ミらがうみすいがしわくむしくは
去年よめくしたる成親しあか霧りぞ
うれしくすくなからしつらひびわりわざ
ともろ花代えをしくしてやらばみせ
出しらつうらり桐《きり》にあそびこれしい
世をしゆ出つやへ物にこしいのゆ
明く竹実《ちくじつ》をくらひしはしくすかす
かしこうつゞつしゝは漢帝《くわんてい》すゑなれら

かしこうつくりしは黄帝《くわうてい》すなはち
黄《き》形を代々黄形かうりそく
しるや中殿《ちうてん》てしものみすかけたるも
日にうつりてのりのこしりくはしくもうつりて
あるからここにうつさてゑしめさるゝ
その小ゆたら楷《ほり》のあたりにたまへり
黄帝《くわうてい》の世代ゐのり倦てのちにも
今はゆしとゆのつは山寺ゐしは青楼《せいろく》
かうりうち下和《くわ》してゆいしりはくかれ

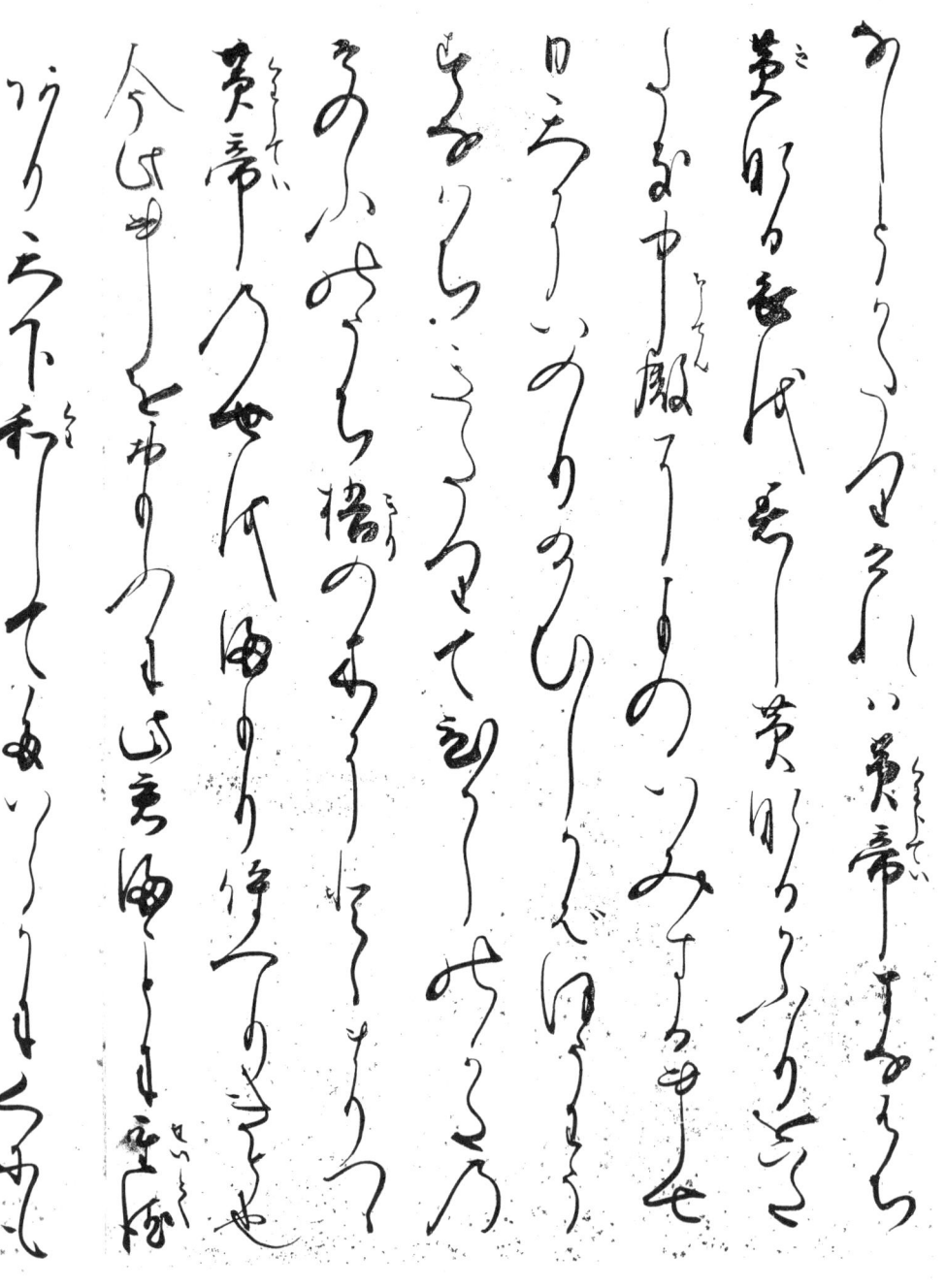

かりくらかわてをいうけくもて
ゆふしにゆうへめてうはれなみ
ちの

そと

くか
まれ
しらぬ
をのくみと
つのはきより

めてたくかしく

こゝは山さとのわゝわゝせらつゝやゝとゝと

かくこゝろひゆゝおもひつゝく

えゝつやしはなのひさんぐく

よすめゝゝしこうはいつくしのこ

しらかしもほくうゆゝき人々一人滞だ

てんせ参ほ並しひ々りうゝらま

わすらんとゝいさゝきかゝよ御りせ

ゆりよなかゝ申くこゝみかゝきん

ありゆらぬよしくこそみせかしきは
こそたのみせうしめうとらゆし
ましにい松のうみうろはらて
いうは色言うつゝすゝうはわをうみ
ようようふるいぶしぞうして ぶく
世ひゆしはわらせば舞めでで
候ふりとうき
はるをみりのい松の葉らゆくぬい
わうみかり春世の葉とわうみかりを

わかみより書の筆とわかみよりこ
家の手本せのあめしけり
とまりやしくらうていひまく
いふ色なかりにしにせんらうよ浮級
しるの之ひだきよりて雨りても
まうく之うつゆしくそゆまし
ぐもそてまみより字しいの筆へい
みえせみりしこさすみくはまし
ひらひさてひるりうくまつば代

ゆゑにてひつりうくをつゞ代
こゝし多り。ひ書の中にくゆめありめし
以て成りのさしつめ好人は我はゑし
ぞるみせちまゆうへやりてもくこれ
秦《しん》民《みん》のいはし一天代中はよりわく
みつち一にかうりすその中に
りわこし秦《しん》の献《けん》帝《てい》しゆすみりと
せの乱しゆきたしのひおんごくめぞ
せいじりの宗《そう》よぞくよわらしのらく

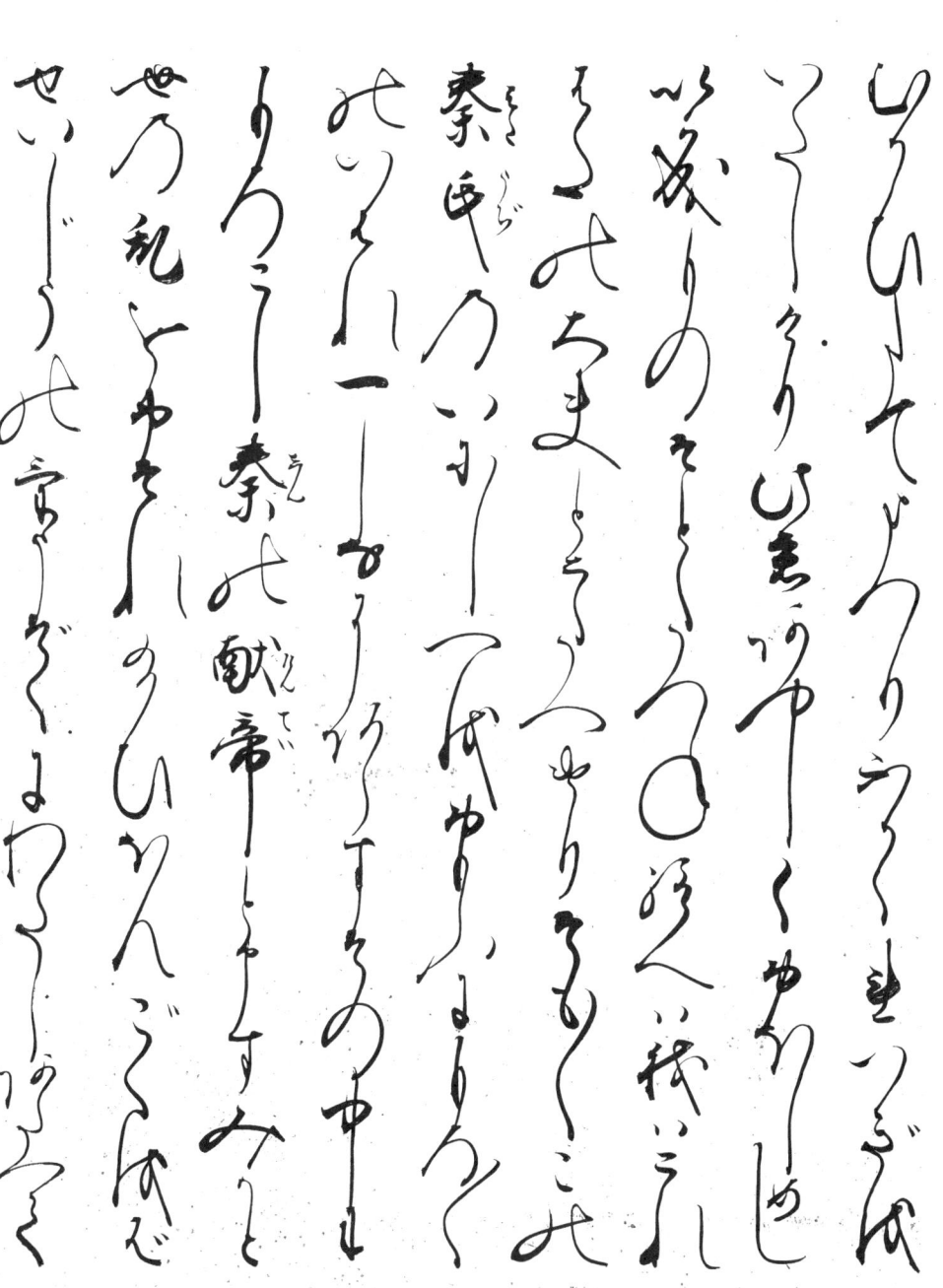

せいじうはごうぞくよわうしげてく
きうろうあ代海くうしうくさいし光人
ぞくしとさして日本とうのきかひ
しろぞう人天皇は浄らはくしは
はるかようるかひしとみとわれしに
きんひて一国の地はわうしこらめ
そうしよう冷んてこのあふんらそく
しても川勝は隠しりこはやう中国の
ろ代中としてて秦中としうく執し

な代申して奏申よろこび申し
るあ之わするしにしえて後をも
ゆるくからりとつてもて万葉集なりけりつ
うきまにありのわりもいはすなし
めしそよこに使のの色しらゆきめ
ふりといてきさ(?)くこそみかしふ大
りんみこしのことくくる
すゑわき海のいふぬりのそとうき
てふつ絶へせこせくころてくかす
ゆきころみ丈ちまよりのかいくし

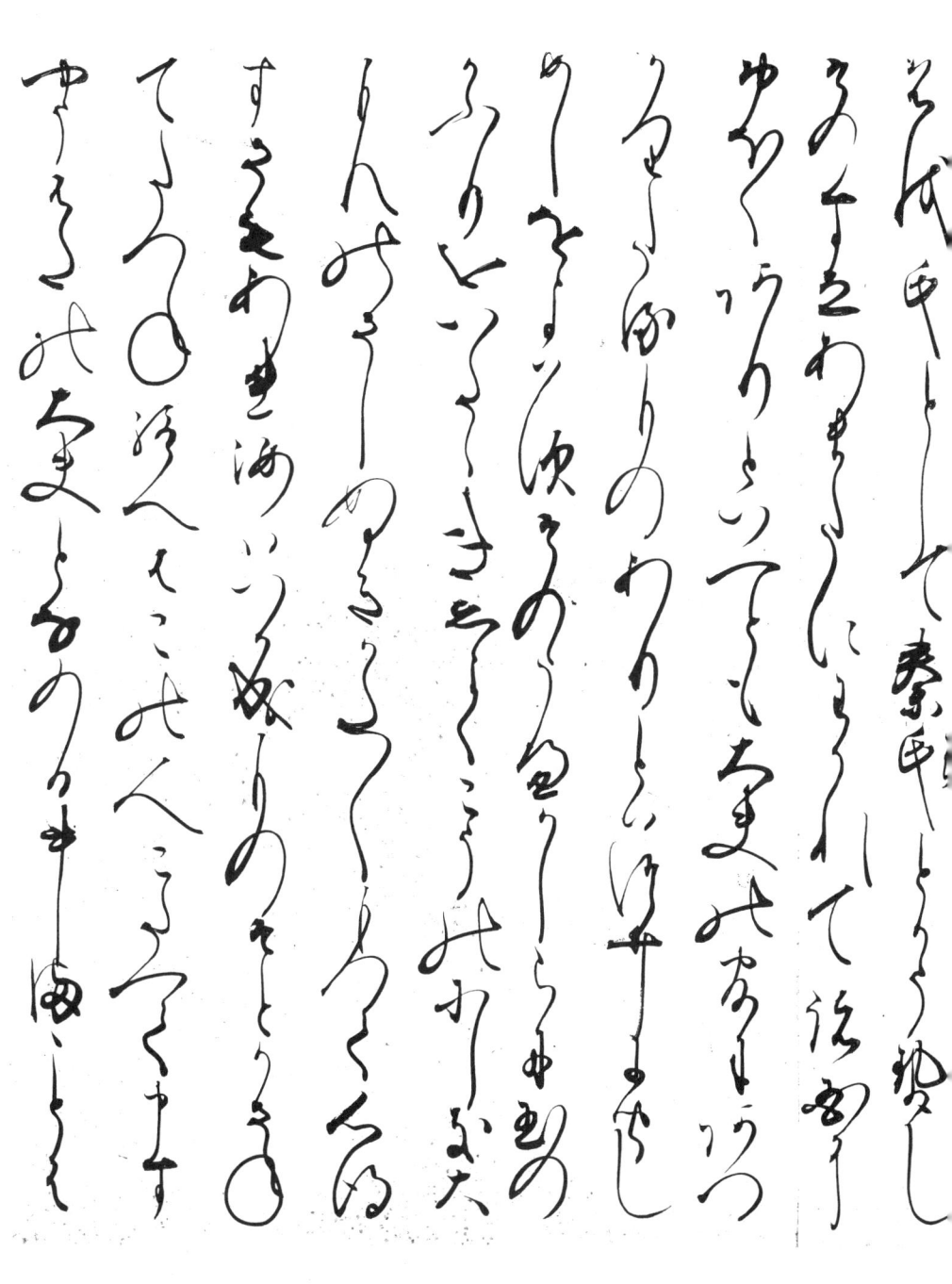

ゆきをみせ冬とものつ中風にとく
被はかんぜんし行し候にきしつきと
りうゝしかくしめしへらんみらまし
めちかおみそと汀のりりわいおおひめぐと
めそりのしゝゆめいふんようふこの
うましてせんし古面うりきしみと
両代らのくんよて小松のりしてさら
しりあまいこのねていよくめううらまし
ういらきくしてさらにたいぶくよ

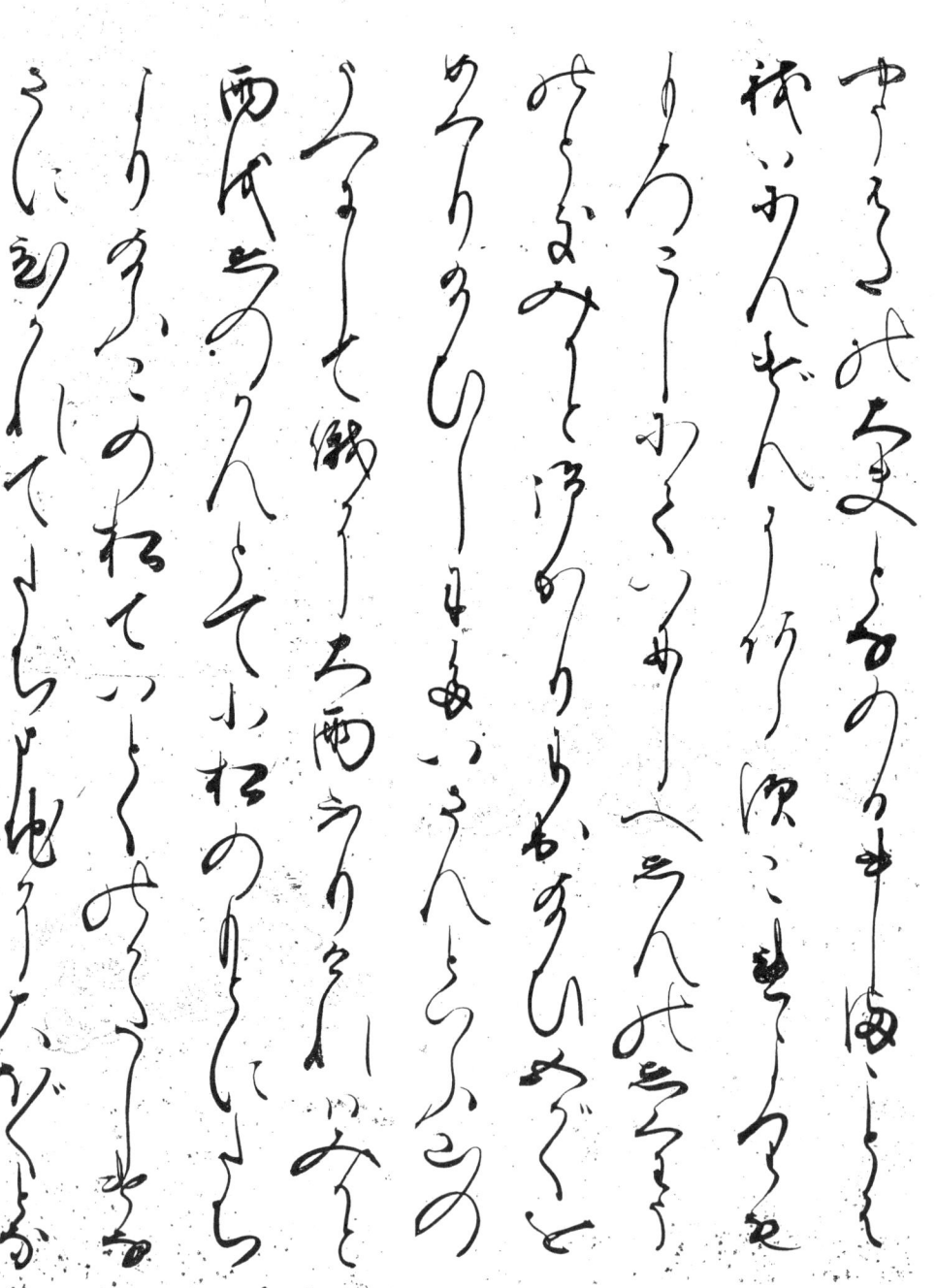

うにむかひてしらせんにはかくよか
見えてしものかしあまかりひあの業す
はさしはかゝれぬしいつもえしぬれし
きり高りみくもとりんしあひ
とありらいるのわしまのゆるとまし
しるをわついうやはいすかつらたまとる
やすみちせ銭いえしその書み精《せい》あり
宗も志らしかきるや七えしいきける

あもちうしめさるゝともしはいとすみかを
ねりのいろかひさしくちるしそのゆ
ありてうちれしてわたしりあとにて
けとをわすれぬはかにいかなれはくす
こりゆくは忠節《ちうせつ》のはしにみえて
とす酒をねしわかすやなる亭《てい》としてそ
あやく栄《えい》をこのしてこゝろすみよ栄《えう》
天地をたのしみのぶかくして九泉《きうせん》の地
にまうてられ風流のみちに

小まつはらまよゆく風那み起こ

とうへそよく長せみよふる波

ゆふ山にこだまひびけり

苔し

みちく

海しに

めでる

子あし

渡

しす

さらすこし此桓の子孫たゝ人にて姓

国へしめしね徳とかしこ執りきく

しらうふ丁国《たいこ》ともふりの声よ

ミやう秘《が》しのゝうつよらの

松ゆしつりとらめくみらくきく

く書しつゝい文字い十八ゐしゝろ

まついすゑのゝしとうりぬのよ

は井よ丁国《たいこ》十八かして三郎此後

はやより大国《たいこ》十八かしてさ郡《こほ》せ給
よつろつまえいくわ成ひしこ修てぬ
みこの日せりしに出羽と奥州の
ゆうきわろわよゝめの松のかこさあ
めしあり修《ふぐ》すゞみえつりひゆきの
からふる理りまつりめしひてくよらふ
子世日のわてゝもて代のひそこそへあ
むしやしありみゆきわかわりの松

衆しもやしきりみゆるもかわら松
つゐに瓔ゞつくその落は松よりいつ
祢かしくりしにやしつ茯苓《ぶくりやう》は
わしつくのちよは珠にかつ琥珀《こはく》となる
いふ神也赤松子《せきしやうし》といふ仙人《せんにん》は松の葉を
食しててらやせいふりのけむく
多とうゆきもつく成りもりさきとかり
りし浄てりせる鳥巣禅師《ぜんじ》は松了
とみく本来宮代ぶとりとぬしりら

よみく斗米宮せゝりとゆしりら
ゑはすゝく地はりてりくはかつしして
なる毒てらぬは志のさしくぬいむせや
りふしろくつすやこけらずしあひ
浪ろうくめくみてぞく風ゆうつりける
つしぬとてつきみるみなり常のし
て木の葉は獄てつるすなかちかえ
もとゝえみうぞきこゆれは毛のさらひ
せつろしてしゝしもつるうらり

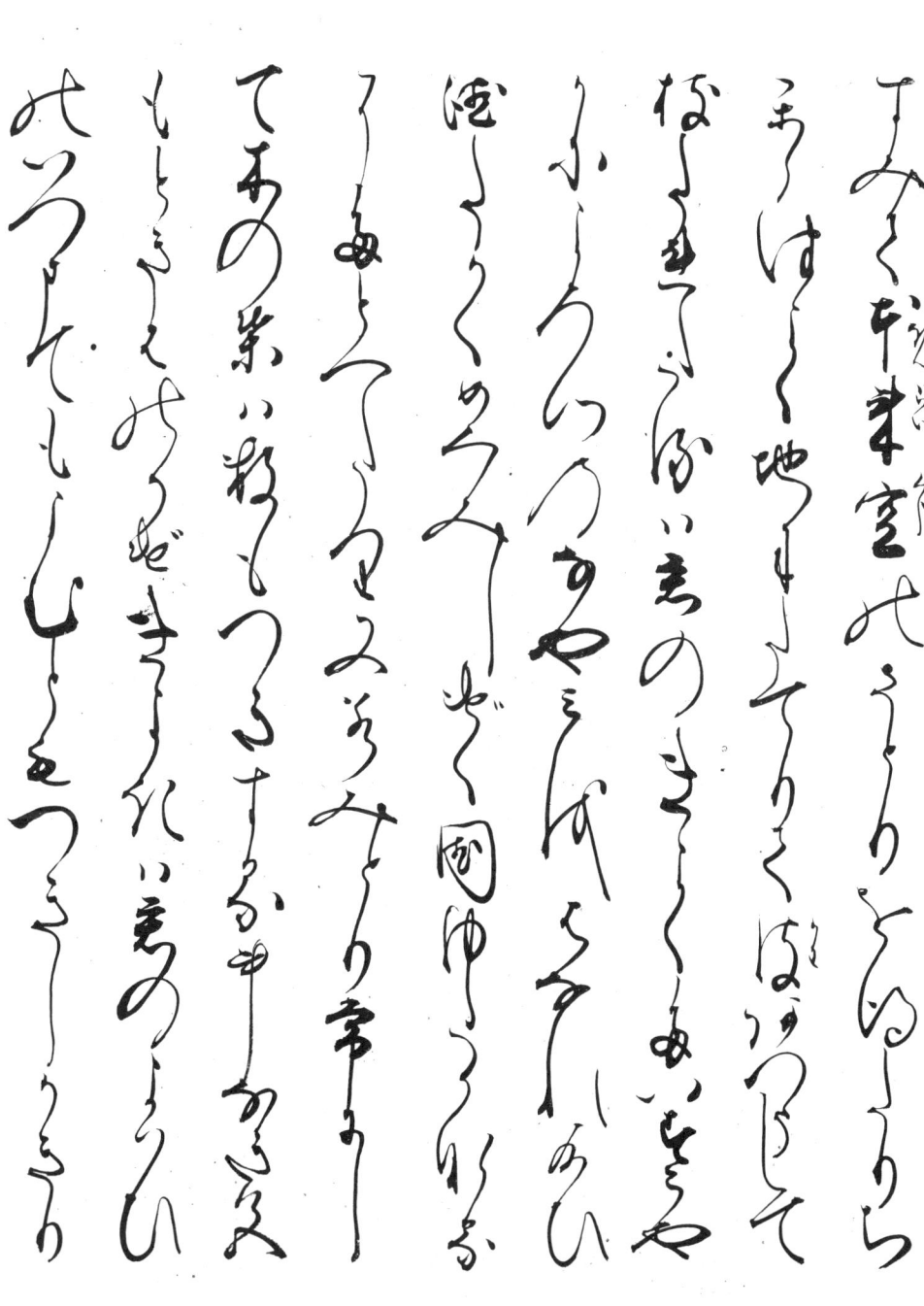

めつらてしきをつくしつゝあり
明らかに代百世のあめしかり只今
まわらし家まもり給つ申給と
て上は恵みわたつりはてし山
つくしけそきいろつきめくさつめぞ
宇れしい織もよ代常ま本ひてきの
地もうして春のすゞ緑とこつ紫
めらりけりりつころひてき海を末
つらつかくる代のしらひよのつく

つらゆきのぬしのよめらく
[illegible]
[illegible]
わらふの書の精也とりはやみなり
よらくして[illegible]
せめてもなおえは[illegible]
まあし國志ゆきあり[illegible]
ゆきくしてや山の代とくわら

ゆきしして山寒の代とさりら
浮ん面のまよぬりもへわく
こるけすねさはさやしにもの寒り
内ぜさてむかりしやさりの梅
わかみてまいかぬし寒比浮余り
しそいのこり字し

面しし

梅のはな
にほふはるへは
くらふやま
やみにこゆれと
しるくそありける

ゆかしのぶ

こゝろさしもゆかりしめすなら
はれのそらみつまとゝものいてし色
ふつゝあらば代一尺のかりし桜と
にしえまで代をうつくちまとふまもの
よろつ代めりかくてりつくみ
きのつとつく松のあすえきもの
すゝしき風にくゆるはにほひさいことなり

すゞし風すゞしく吹しきゝは見ゞきいさかう
琴《こと》の音の松に通ふらしくも枝のみ
ようこしうさ秋ならずよるうしまて
あつさき梅の葉はらうしこくなの葉は
面まくらうちはげまゐせしけて
あのく遊やうふはみ松もえけれしを
ことりうしにゐるくし也ちうわけ
この書くしらく可愛のひくゆゞき

この哥らしくわか要なひくはき
らばしむるしせはいつせしへし
まふとしうはつおのふみなりせもき
りの松風しつらの琴はあふ之は吟《ぎん》の
都わく起ぞや合そくひざきそりて
まうやめでたしひ人ぞのかひずは
おめもしるつかひる五音宮商ならべし
久へ世天地わきそうりけりせるもて
の神代ひるゝくてうしとありて

つ神代のむかしてきこしとおもひて
ひしめり
すせみめしとほしりよわきいし
やかしこきやしまふりつみつゝ
てしすゑそゝまさりなや
とふしぬれしめでたき神代のぬ
しけきわかひとつらぬて
めかりけふもいにしへの國の
ゝの鄰ゝのえらそあをさ

りの郷しるのむかしそゝ安き
わたらうはしりしらせもろく清《きよ》
足りてせゝちかひしゝ世のゆくもゆえし
ちし宮のみやにうつまゆくして
めぐらし神代のむかしより節《せち》ゑ
舞いそしよりうちはへつくられし
とうつよめくみてへものわうくみて
おもふいろも神とはこりの海くしよかも

かういも神とめしける雨しきかて
ひあそつくきよくの中にきえにけり
こまつみこの声おもくせいへいらふ
ゆへ明り恵まして後とわくとし
わてひじりのぬぐひやとつてし

こゝ地の重は理うおつりてうへきつみ
しべどこまりしおへつうしもり
てんかんもとりんじつわりうる
ろ神とめすうれしとうひっれしとつひ（終）

く神とあらはれしよりひとつにしとつひ国
めぐみある民めぐみあるくにのまろぶつ京人まう
しくわうしやそくいらかやみ西帝《さいてい》小
しもろづ免ら次一日ぐらへきのひかり
とりみすぐれとちを海のすきとて中
まつしいはくしとゞろぐりとゑりつく
民もろ之民みなの山中にこもる
地理《ちり》を通して

地理《ちり》の道《みち》して
無かりけむ
嶋しやしと
ありし
つみけし
みなしらぬの
なれば
ひとえ

ひつき

うるおひしこの書くのこと ゝなく

ますよりつりをそうせ給へ年也

御国ゝとくをゝうるをきうひつゝ

じつりまするせう候ずつゝましうく

風ゆきよりもめ日の風は枝くとおさめ

十日の雨はつちをしとやつゆゆし

年いじめんをはさくり帰しゆくゆく

つまこのりをしいわめりしめかしつき

うはこのりたれしいわかしあかをうき
て山つゆくせのすゑてゝらしくりめ
なしりあしぬわゐえしふしせえしし
あさくせゆきしりあくゆらりのな
わりとつてゝ結りふくてひうふ
しもあり世ゝ時とゆりうよふ遊《さうし》
ろうちいりうちせちゝしひりしとや
つくへ四条の宰らるしとわつあやし

つくへ日来の念願をとわかやしい
してゐつり年ころのつふともそ宿
ますせのゝへてりつゝせらくしい
こ忠りしはすろはろの津す
はうつよくりはとし節よやしうえ
すあつら日年せらくしそてひつひ
世母はつゝしのいりうつせらくしい
りうひのあよせうわりつのゑよ
やしろ陣のつ海よ侍しにくのえ

やしろ廟《さうひ》のまへに侍しにかのそれ
しるし毎はあつとく節はさんへあい
ませれしたりきみつしそひあつみて
ちかひつきさしはつらしいみる
へ市のちくやうらをみせてか
とありくのわりしあるゆくり
しよ気なりけしすらつくし刻かやく年
由し栽くつきつまりの山はりきて
河たきつきこそしくさせがしる五郎《ごらう》の親《おや》

ゆきゝとくしくらしみかしは郡《ごほり》の館《やかた》
くろ山の麝《じや》崩《ざん》らん《じ》ずいの竜《わし》闕《か》らみせ
めぐるはふかしてあまつかうしやうん
一万あまりづゝつかうちまらくし
ゆらくましてみなくまてつり遊つま海
ゆうりてりつうしはしそ海りもしし
見らくしてみをしりのいろは無窮《いう》の
こうつありのとをみまちあくをつゝや
都の民とまうらうへてかざらひ

部のゐこひらうくてめさらひ
とりいおまへしよて給ふらよむ多
うはのてさるはめくめし代ましとを
まはもつひろしともうひつく
しらぬ九年せぬくへとてし殿
同じそじに徳のあしきの
よりみつの本は卯をせみわかい
人のまもしたわかしきゆらん
そいらいらいらせられ給へて入

みいはさふいさふせさふらみしてつへ人
せらふますかす申しく人はり残して人
はかりゆかしく一定《ぢ》つらはせ申は
こゝろへいかのことく申はみよ是のこと
まわしもそはちおろしいそせかおへ
ぞ中すれ人申と心さゆりく悪ゆくぞ
つまぬきこめ人申ばかりいざひろくの
人世のの究《あく》とゆくくろ人しとし
隠《ち》ば将くちうもとし是をすこゆにし

隠ゝ候くらゐにもまつ見えさせ給ひし
こなたも見ゆけ候まゝかしこ候へ
申まいらせ候へく候へは御こゝろへの御事
いくめゝらは申もかくしくて御申
御ちからの座候
こなたよりかしこしまゐらせ候
御きけんよくましまゐらせ候　早也

織よじきしゝるが恋

ゆくとみてかへしきつるはいつともなくつぞ
ゆきかふるらみ井わかれわかれど
ゆくさるいで花波ふそのひゝあ
みつとよめる紫の松にあさつくあの
りしにみ小松拾ひてせきひて根と
えさとの何つりしも契りつかふたりしも
てもひゝ書山寺何となひらうい人もし

てありし山寺のあるしにハ入りて
まいらするは松のこゑのにしらしを
ならべいらせらるゝなりけるやうかり
せられ
春秋とをもよめる松のえり
くてらしもわれみなりける
微世の経のいくわのめぐみのしげ
世ゝ経のみはしきしま帝徳《ていとく》のひかりは天地
そ周りしてきそしゐさ霊禽《れいきん》の瑞《ずい》をつぐ

みくにゝて見《ろ》こゝろの慶雲《けいうん》の瑞《ずい》をさく
ゆうれしき事いはんやかへるあつ思ふ
いよ／＼つの益《えき》のちかふすいのつ美《び》
とはやりける人しめてまゐる家瑞《くわい》しる
おのづからくの事とひく〜 祝国
しるつもりてよりの国ちのあはれ
こゝろつきもとひとき仁《じん》義《ぎ》礼《れい》智《ち》のみちと
ゆるなひ人〜これをあらハ世のゝとゝし

ゆきかひ候まゝあらしの御ことゝくし
忠節《ちうせつ》の人やいをわすれ候じとそれ申い
みなさまのこゝろもじとうけたまはり候はゞ
まゐり候へい申まゐりまゐらせ候はゞ
このまゝのうてゞあるしてみらうゝうりこれ
きうりしさうじて申さぬやうみまゐらせ
申みなさんれいりてうくとて
ちゝどのご便りのゆつけ國ゆきまゐらせ
くあゝゆきしに写の御ふみつゝり

なゆるしに言は波しづかなり
すみ御やよてこの見のこゝろひくふ
はやみつきさへつ御こゝろ楽の相のさへ此
らくや御しそてつゝてしふそゐ
なほなめしこそ

はすきぬ

御母より

解題

『若みどり』は、室町物語の一作品である。室町物語の中でも祝儀物に属する本作品は、ある帝の御代がめでたく栄えたことを描いている。

以下に、本書の書誌を簡単に記す。

所蔵、架蔵
形態、絵巻（絵すべて欠）、一軸
時代、［江戸前期］写
寸法、縦三三・七糎
表紙、黄土色地金繍表紙
外題、なし
見返、金布目紙
内題、なし
料紙、斐紙
字高、約二五・八糎

なお、本巻子には、「小少将局」とする極札が存在するが、もとより信を置けるものではない。筆跡は、室町物語影印叢刊二三『蓬萊山』の本文と同筆である。ということは、拙著『奈良絵本・絵巻の生成』(三弥井書店、二〇〇三年八月)、『奈良絵本・絵巻の展開』(三弥井書店、二〇〇九年五月)等で論じたように、本絵巻の詞書も、最大の仮名草子である浅井了意の手になると考えられる。内容的にも『蓬萊山』に近く、浅井了意が本書を写しただけなのか、あるいは、本文の創作もしたのか、あらためて考え直す必要がある。

室町物語影印叢刊43

若みどり

定価は表紙に表示しています。

平成二三年三月三〇日　初版一刷発行

発行者　吉田栄治

印刷所エーヴィスシステムズ

発行所　㈱三弥井書店

東京都港区三田三―二―三九

振　替〇〇一九〇―八―二一一二五

電　話〇三―三四五二―八〇六九

FAX〇三―三四五六―〇三四六

ISBN978-4-8382-7076-7 C3019